U0122613

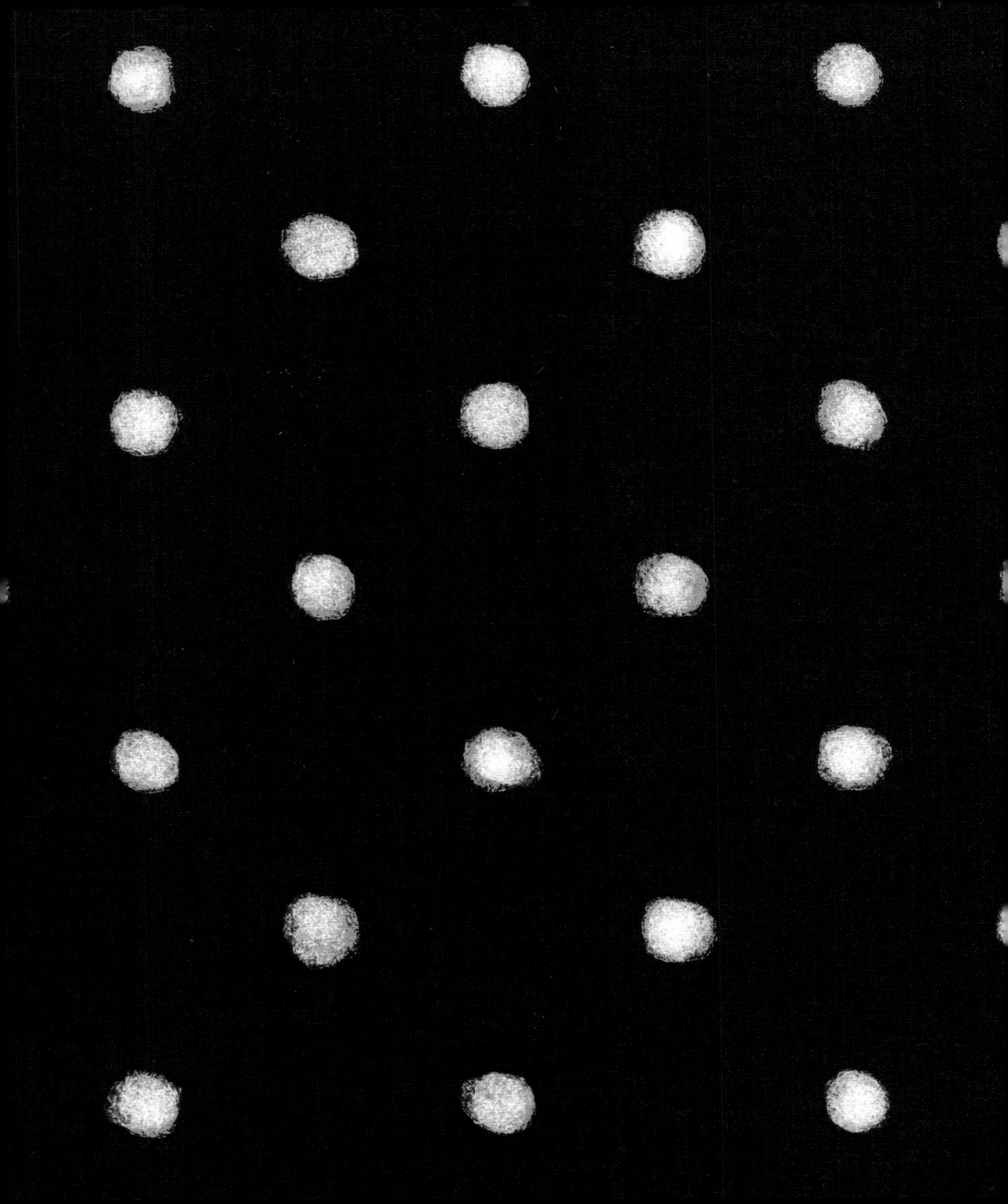

Chocolate Rain◎繪圖
金鈴◎文字

畫好當下，一切都是最好的安排。

Fatina，自小在彩色幻想世界長大……
2020 終於提筆畫，畫好當下的天空！
當下，不是未來的夢幻或過去的回憶，
當下就是「覺察」身邊環境和感受。
平常路過的一草一木，建築和街道，留心去
欣賞，慢慢去觀察 ，
一人之境平淡也可以精彩， 有點點憂愁也有
點點欣喜！

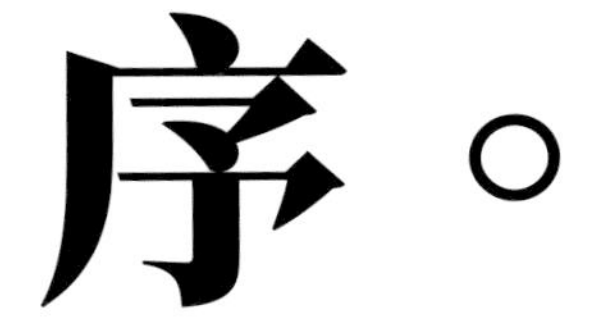

作為 Fatina 的夥伴，感恩她經歷這不一樣的創作旅程，
欣然接受成長中的種種挫折 / 挑戰 / 遺憾……
Dedicate this book to my love~

Prudence Mak@Chocolate Rain

・Georgia O Keeffe, painter, New Mexico home, US

序。

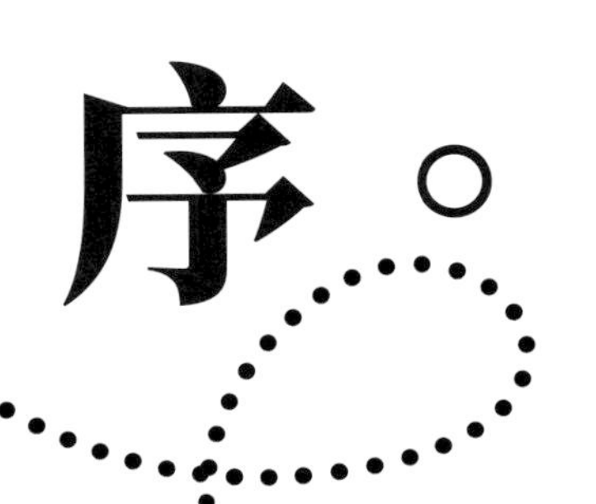

成長就是一次次心碎的歷程。這些心碎，將帶領我們成為更好的人。在過程中，我不會太在意其他人的目光和想法；一心想要勇敢闖過所有難關。

· Wetland, HK

但，我必定會控制好自己的情緒，珍惜身邊的人，努力在成長的道路上前行。在尋夢的 20 年創作路上，我學懂了：堅持。

這是我的第 50 本作品，也是我第 1 本和插畫家合著的繪本。希望，你喜歡。

金鈴

當我睡着的時候，我在珍惜着夢。
因為站得更高，看得更遠。

但站在高處，我又怕會跌得粉身碎骨。

在成長的道路上能夠擁有一本好書同行，是何其幸運的事。

・Harbour City, HK

每天每夜，我的身邊好像總有人在陪伴。

但奇怪的是：即使有人
擁抱亦感覺不到體溫；
即使在群體裏卻只感到
自己一人。

· Soho, HK

像是被困在一間沒有出口的房子。

建築物的玻璃窗愈來愈大，但我的世界卻愈來愈小。

· Centrepoint, HK

我嘗試走出屋外，我要製造光芒。一大片一大片往人間拋擲，把所有的希望擁抱得緊緊，一個也不讓它跑掉，一個也不讓它跑掉，它們全是我的！

· Peak, HK

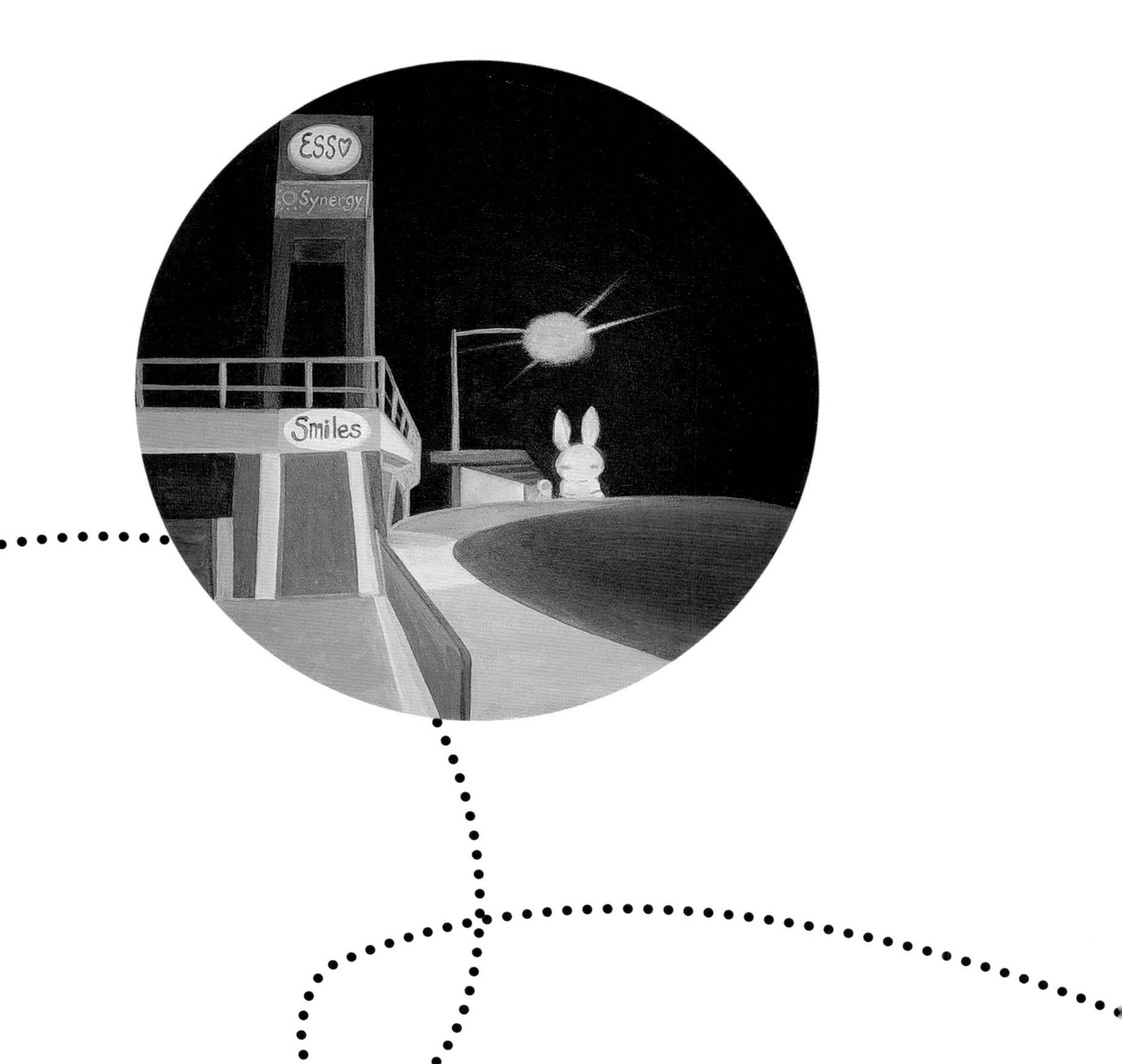

但，我是透明的……無數的街燈陪着我，

卻把我孤獨的裂縫，照得更寂寞。

我仰頭，感覺到閃耀着一種特殊的美。

天上的燈光，化成地上的星星，心裏頓然迷惘，

感覺有一種懶散在擴散向黑漆漆的四周。

· Wan Chai bus-stop, HK

我開始向着窗前枯萎的小花說話，
想像自己在花田享受無眠的夜晚。

明白到每個人也有不同階段，你腦海的過去可能是美好的，
但到了十年後，可能也會懷念現時的自己。

· Anne of Green Gables, Prince Edward Island, CND

一個人的時候，我可以為繁花拍照。

· Frida Kahlo, painter, Mexico Home, Mexico

我把心藏在亭台樓閣，
一點都不寂寞……

· Hong Kong Park, HK

隨着花香，走出大街。城市裏的一株株樹頭菜，
比櫻花更美。

走着走着，我找到一間沒有人的房子。

· Chocolate Rain, Peel st. HK

滿牆都被塗鴉，這裏是載着回憶的地方？

・Wing Lok St. Sheung Wan, HK

原來是一間被荒廢的小醫
院，曾經，病床上的人都
浮沉在恐懼的海洋。

· Queen Mary Hospital, HK

我一直待到天亮，推着單車回家。

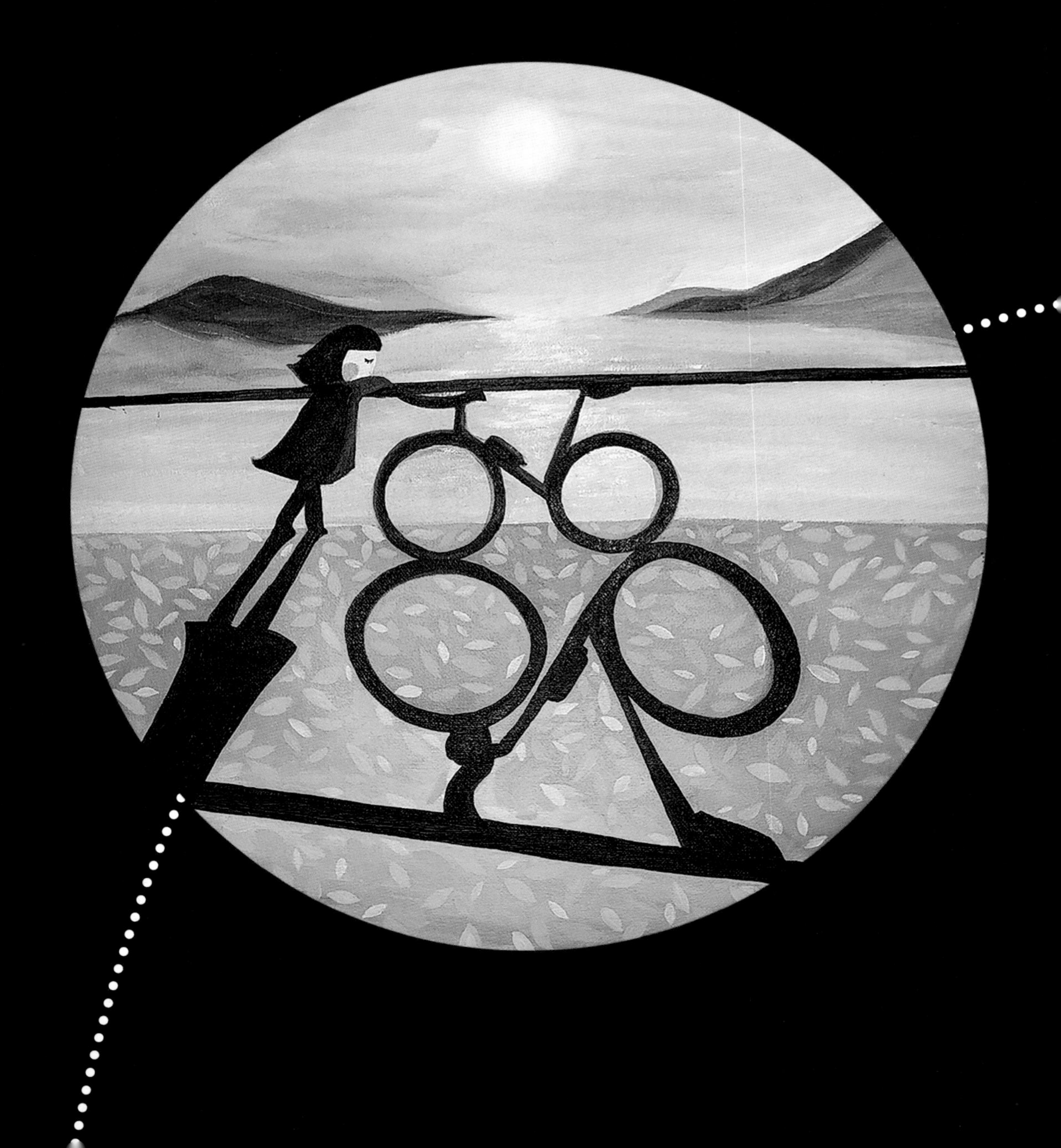

這時才發現，路邊有小花探出頭來迎接日出。
平時我看不見它，是因為人腳紛沓。

· Home, HK

回到家裏，冰冷的四壁沒有生命。

・Home, HK

我買了種子，幻想身處庭園種花。

· Beatrix Potter's home, creator of Peter Rabbit, Hilltop, UK

在大廈的窗台種出玫瑰，夢見自己
坐在法國小屋前的玫瑰園。

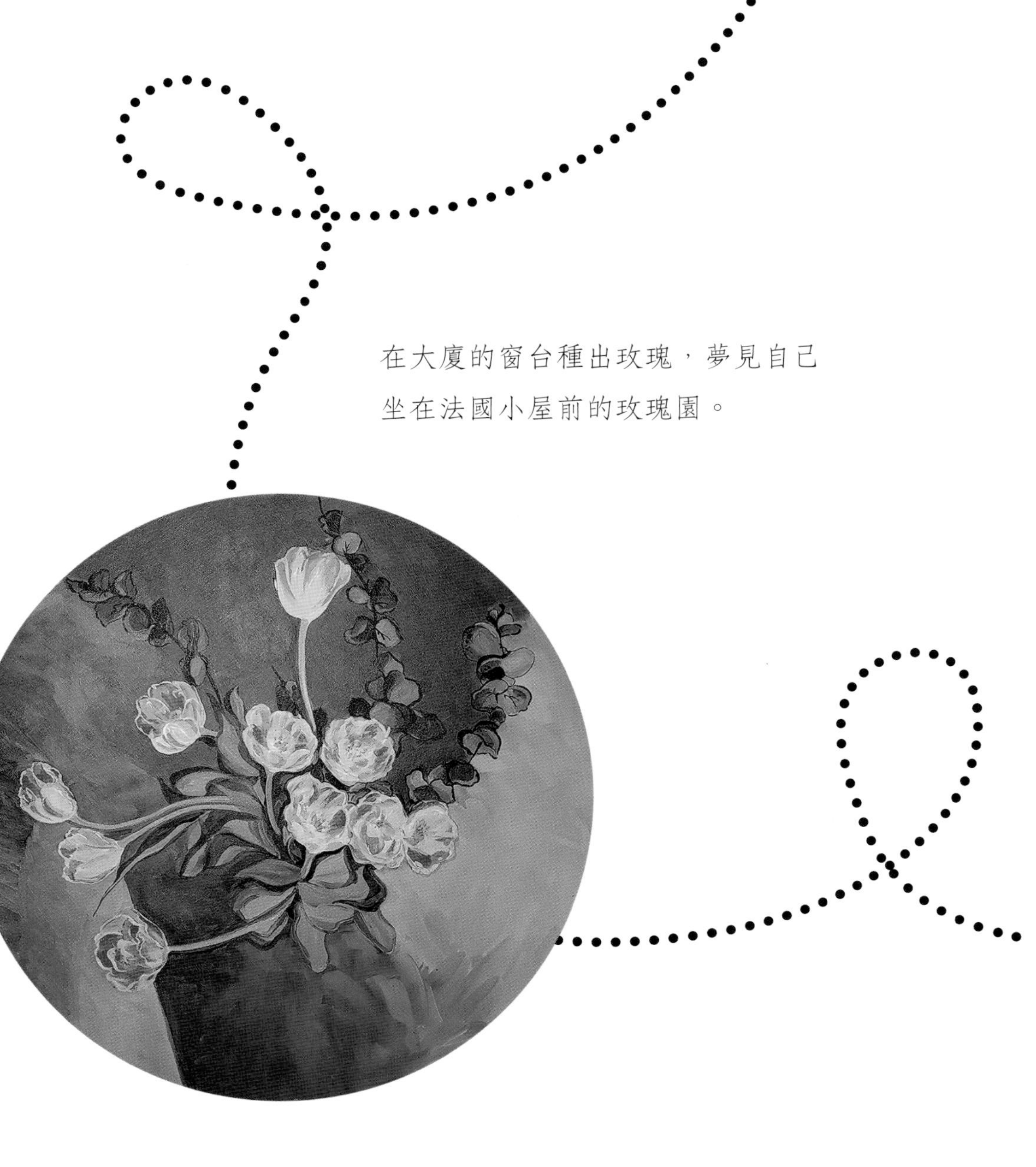

這是個矛盾的世代，一方面渴望財富與能力，
另一方面卻又不想背負更多的責任與壓力。

· Honore de Balzac, Novelist, Maison de Balzac, France

到今天為止，我一直
想着我會不會長大，
會成為一個巨人？

長高了，長大了，我一手抓一把星星，一隻腳踩着地球，
一隻腳踏着月亮，把大海當成我的遊樂場。

我們都說，這是個徬徨的世代，跨入數位洪流，掙脫了時間和空間的束縛。可是，人們卻無法在眾多方向中做出選擇，猶如沒有羅盤指引的小船，迷失在航道中。

覺得不舒服，才是成長。

當你懷疑，現在做的這件事，
到底是不是自己真正想要？

別再浪費時間思前想後了。先要不計較付出而沒有回報；不要計較嘗試之後面對失敗。因為，付出和失敗，才能令內心壯大。

· Victoria Harbour from Wan Chai to Central, HK

由你出現掙扎、迷失、疲倦的時候，
是真正開始成長的蛻變。

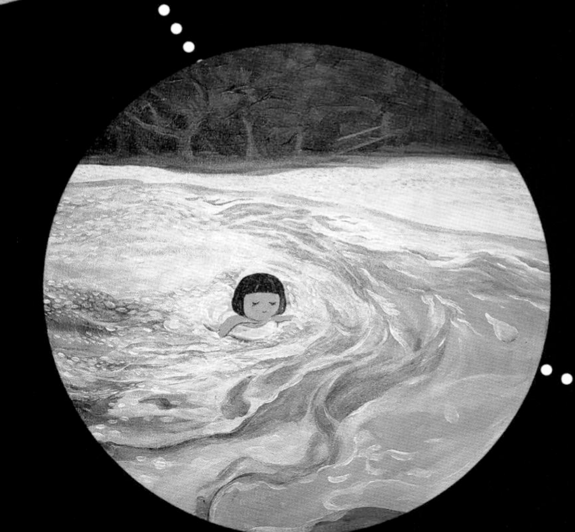

你以為成長之後，主導權可以掌握在自己手；但相反，卻被不同的壓力與現實，左右自我。

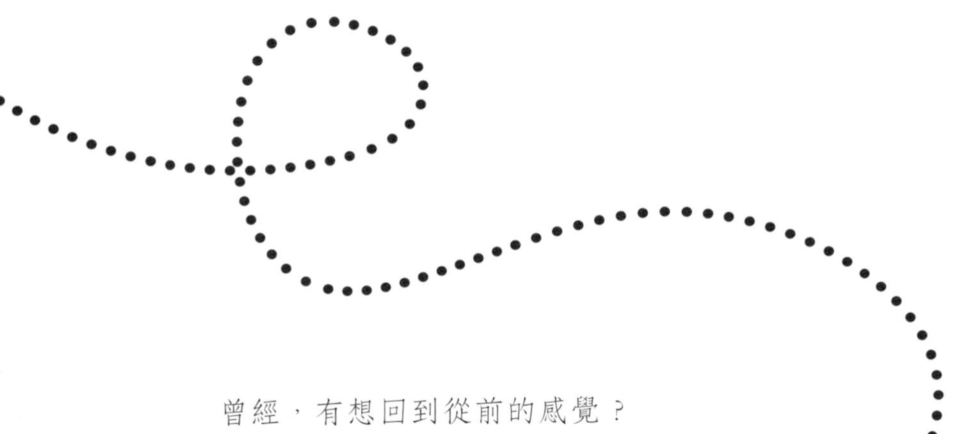

曾經，有想回到從前的感覺？

滿載青澀歲月的中學，背誦如流的校歌，陪我去旅行的同學，當你懂得這唏噓時，證明你真的長大了。

・Ocean Park, HK

人遇到痛苦，學習逃避，這是本能。

逃避之後，確實暫時變得比較不痛苦。然而，
痛苦並沒有因此而得到解決。要真正解決問題；
就要從面對自己開始。

但，如何開始與自己對話？
學校沒學過，父母沒教我⋯⋯

從小開始，父母幫我們決定所有事情，社會也告訴我們一定要做的事。買樓買車，名成利就，你才會快樂。耳邊充斥着甚麼是對、甚麼是好，很多人就相信這是自己想要的。

· Tai O, HK

盲目的追求主流價值觀，真正做到了
看似成功，卻開始覺得內心空洞。

· Hong Kong Park, HK

怎樣知道自己的人生抉擇是正確的？貼近自己的心。怎樣貼近自己的心？聆聽自己內在的聲音。怎樣聆聽自己內在的聲音？……別再問了，安靜下來。

安靜下來，才會開始去思考問題，才意識到過去的日子都是庸庸碌碌度過。與自己對話，是要找出自己的價值觀。

· my father's window at his home, HK

從小沒有人教導我們往內看；
我們都是在往外看。

· West Kowloon, HK

傾聽自己內心的低語和牢騷，有助提升自我認知能力，連帶也會提高與他人之間的互動力。

還好，我有「朋友」。

· Tai Tam, HK

你有幾個「真正的朋友」？在這個講求關係的年代，朋友愈多似乎就代表人緣愈好、人脈愈廣。實際並不盡然，與其認識千萬個泛泛之交，不如把花在周旋他們之間的時間，好好留給幾位知心好友。

· Hung Shui Kiu, HK

真正的好朋友，看的不是利害關係。

也就是說，你對他的付出，

與他對你的好，並非等價交換。

· Claude Monet, painter, Home in Giverny, France

我不會因為你對我有用，才交你這個朋友。

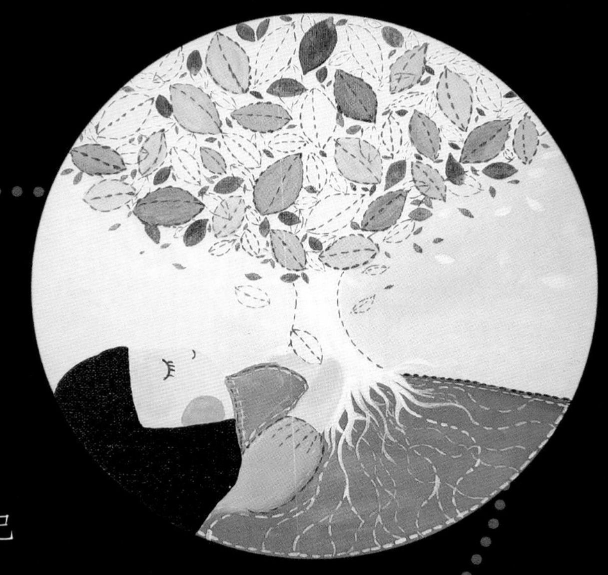

從欣賞別人的特質，幫助自己
看見更多優點。

可以從觸痛別人的言語，或約束自己、批判他人的標準中，找出我們的陰影或陰暗面。不去否認缺點，而是接納自己的陰暗面，看到自己是甚麼，接受本來的面貌，才會喜悅快樂。

有沒有發覺，自己常常說：

「可是……」

「可是」背後，隱藏的是一種「我不夠好」的固執。

我們因為不夠相信自己，所以害怕，抗拒改變。

・Tove Jansson, creator of Moomin, Klovharu Island, Finland

舉步不前的同時，即使旁人告訴我，看見自己在努力；
為甚麼我仍抗拒，接受這些稱讚和想法？

· Bjork, Singer, former home, Ravens, Iceland

因為，我深深地相信，自己是不夠好的人。所以，我身上有一種「我不夠好」的堅持和固執，一直難以被他人動搖，也讓自己深陷在痛苦又煩躁的大海中。

沉睡的人是我，喚醒的人卻不是我。

有時候一轉眼，會發現自己一直在同一個問題上打轉。
數年之後，每一次碰釘，連朋友都告訴我，這根本是
老問題！看來，是時候該好好跟自己對話了。

· Luna Parc, Ricky Boscarino, artist, Sandyston, US

是否準備好要為生活

跨出那一步了？

抑或，仍要透過不斷地跟旁人辯論，才知道真正動彈不得？忙於需要別人來「肯定」自己的困境和難處，獲取「我可以不需要做出改變」的標準答案？

投石問路，不如，問問自己內心。

· Vincent Van Gogh, painter, Auberge Ravoux, France

如果，我看見自己的內心：在擔憂與抗拒改變的背後，是否能看見自己怎麼看待和定義自己？

「我不夠好」——因此我沒辦法改變。

「我不值得」——因此沒改變也沒關係。

「我就是這樣」——因此我將來的生活再沒甚麼可能性。

・Charles Schulz, creator of Snoopy, Coffee Lane in Sebastopol, US

過於強大的擔憂與害怕，會
讓人忘記自己具備的能力和
天賦，變得無法相信自己。

與擔憂說話，同時可以更深入去感受一下。這份擔憂，是否跟之前發生過的甚麼事相似？過去是否曾經很努力要改變，卻遭遇失敗？每次，為自己生活下決定，要告訴自己的心：面對改變，我知道你很擔心，也知道你對未來有很多不確定感。這都是沒有關係的，我會跟你一起，不會感覺孤單。

· Jane Austen, writer, Chawton Hampshire, UK

不說「yes, but（對啊，可是……」；
說「yes, and（對啊，而且……）」

· Ernest Hemingway, writer, Key West, Florida, US

「yes, but」的對話：你這樣說沒錯，可是我做不來！
「yes, and」的對話：你這樣說沒錯，我可以試試看！
你會發現「yes, and」代表兩種狀態都能並存，增加你對他人話語包容性，增加你讓自己改變的可能性，更有機會從停滯裏找到希望。

身邊的人說：幻想中的生活，早已被生活壓力蓋着。想要的自由，也被日夜追趕的工作抹煞。

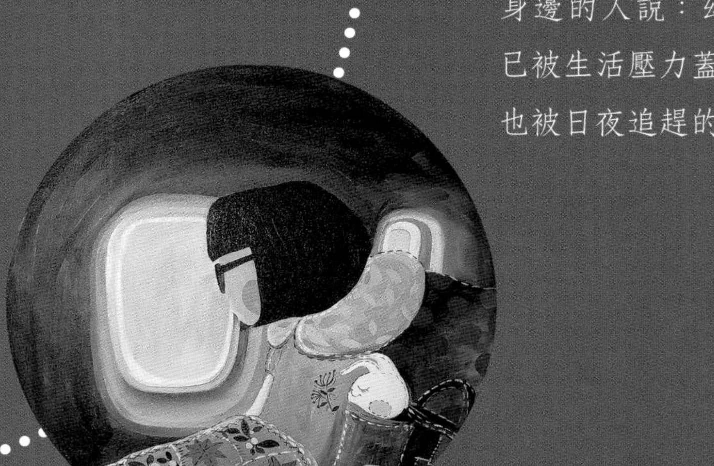

· Ying Wa Girls' School, HK

真的如此？再理想的生活，也總有它的困窘。成長，是由人生中每種經歷，以及衝破難關中的每種勇氣，相加的總和。

・Joan Miro, artist, Joan Miro Fundation, Barcelona, Spain

長大只是一瞬間；成長卻需要時間。

· Maud Lewis, artist, home in Nova Scotia, CND

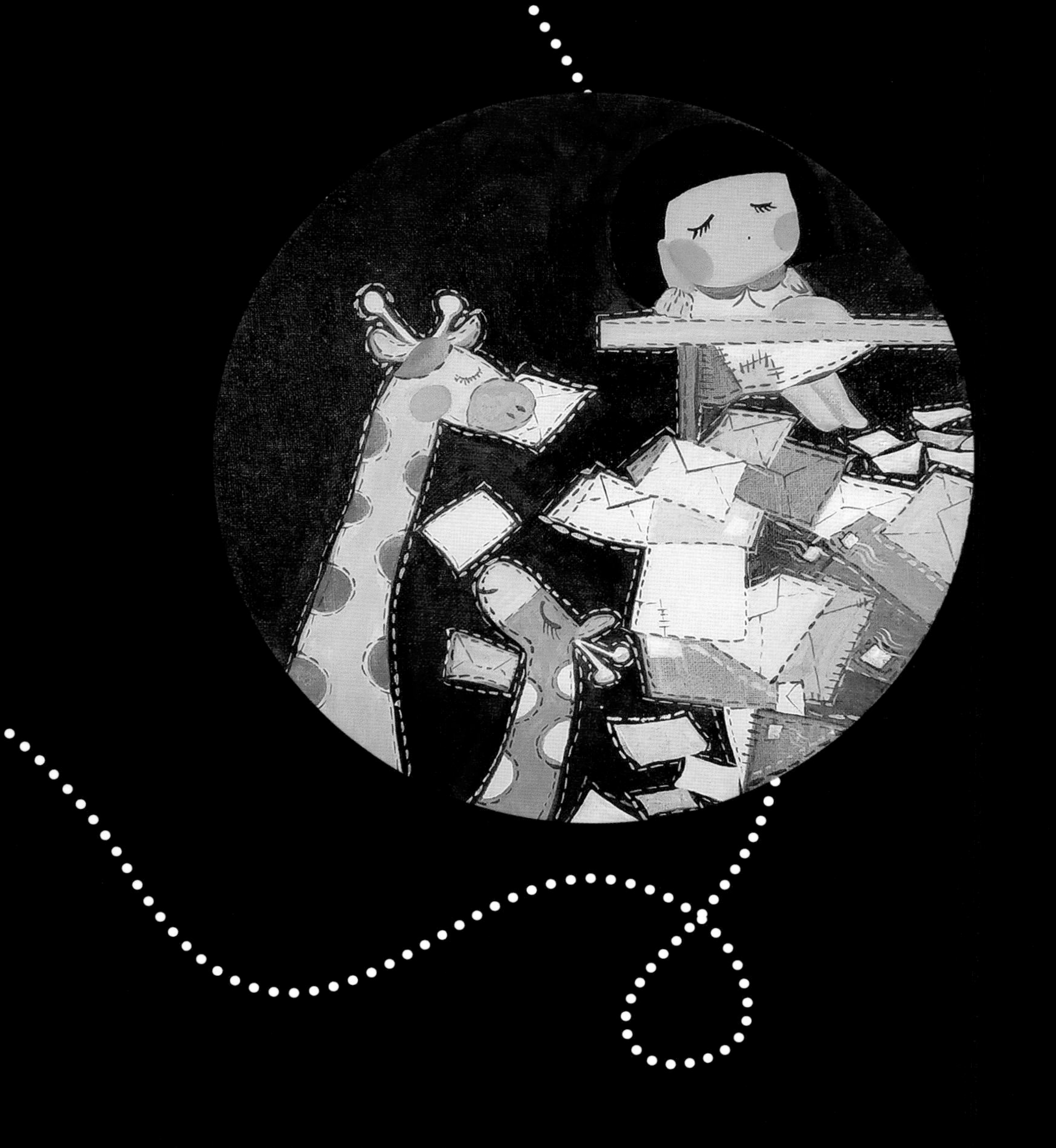

成長的時候，有時我們要獨自面對，但有時我們也需要陪伴。有人在旁勉勵下，我們才會有更大的勇氣去克服難關。陪伴我們的不僅是身邊的家人、朋友，也可以是一封信，一本書。

· SALVADOR Dali , artist, home, Spain

· EMILY Dickinson poet, home, Massachusetts, US

書　　名　讓傷疤變雲裳
繪　　圖　Chocolate Rain
文　　字　金鈴
責任編輯　王穎嫻
美術編輯　郭志民
出　　版　天地圖書有限公司
香港黃竹坑道46號新興工業大廈11樓（總寫字樓）
電話：2528 3671　傳真：2865 2609
香港灣仔莊士敦道30號地庫（門市部）
電話：2865 0708　傳真：2861 1541
印　　刷　美雅印刷製本有限公司
九龍觀塘榮業街6號海濱工業大廈4字樓A座
電話：2342 0109　傳真：2790 3614
發　　行　香港聯合書刊物流有限公司
香港新界荃灣德士古道220-248號荃灣工業中心16樓
電話：2150 2100　傳真：2407 3062
出版日期　2021年11月／初版

ISBN ：978-988-8550-08-1

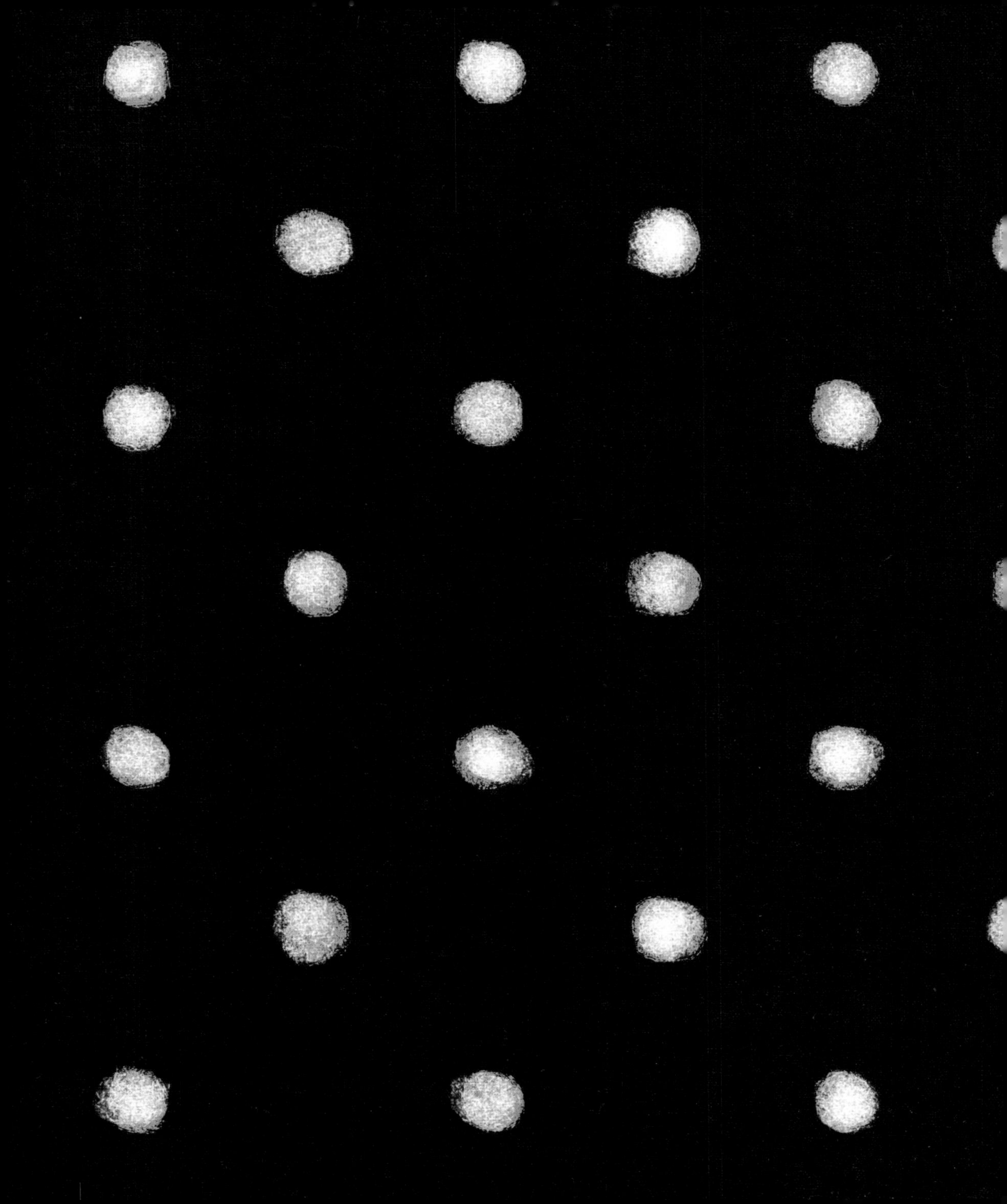